MINHA RAIVA COM UMA POESIA QUE SÓ PIORA

carol braga

URUTAU
NOVEMBRO DE 2021

O —

editora Urutau
avenida peirao besada, 6 - 2ºD
36163 — poio (pontevedra)

rua do cajú, 478
jardim das cerejeiras, 06724-015
cotia-sp
brasil

[+34] 644 951 354 [galiza]
[+55] 11 9 4859 2 426 [brasil]

www.editoraurutau.com.br
contato@editoraurutau.com.br

[EDITORES]
tiago fabris rendelli & wladimir vaz
[REVISÃO]
débora ribeiro rendelli & gabriel galbiatti nunes
[DIAGRAMAÇÃO]
victor prado
[FOTOGRAFIA]
bibiana garcez
[ISBN]
978-65-5900-174-3

dados internacionais de catalogação na publicação (CIP) de acordo com ISBD

braga, carol
B813m minha raiva com uma poesia que só piora. - cotia, sp : editora urutau, 2021.
72p. ; 12cm x 16,5cm. ISBN 978-65-5900-174-3

1. literatura brasileira. 2. poesia. i. título.

CDD 869.1
2022-1303 CDU 821.134.3(81)-1

elaborado por odilio hilario moreira junior - CRB-8/9949

sumário

I. BRABA

[9] despejo
[14] [mulher?]
[18] vocês assistiram a final do europeu?
[22] [a poeta amola a faca com a sua língua]

II. MESTIÇA

[25] minhas antepassadas, XIX
[28] sessão de anúncios
[30] hystorya y memorya
[33] leite
[35] arengando
[37] alguém escreveu "portugal não é europa" na parede da minha casa

III. TEMPESTUOSA

[43] de homens brancos velhos para todos os animais
[47] cordel
[50] (des)fantasia
[53] minha infância nunca vai aparecer na sua tv
[56] volta!
[58] manifesto

[61] nota da autora

os racistas temem o poeta
os golpistas temem o poeta
os inimigos do povo oh
esses temem o poeta

JOÃO MARIA VILANOVA

I. BRABA

despejo

ATENÇÃO, ATENÇÃO
estou aqui diretamente de coimbra, portugal
para marcar no calendário
um despejo
um padre, um advogado, um grupo de idosos
e uns herdeiros
assinaram um acordo:
lugar de mulher é do lado de fora da minha casa
lugar de imigrante é do lado de fora de portugal
é dito:
do lado de fora vocês também não podem ficar

coisa que se despeja
aquilo que se deita fora, dejetos, imundície, lixo
ato de evacuar

qual tipo de identidade uma imigrante pode criar?

uma cidadania que não é permitida ser
num sentido que ainda não é

estar entre

agora mesmo estou sem margens
muito estrangeira para voltar pra casa
mestiça demais para estar aqui
nunca o bastante para nem cá nem aí
na beira da ponte dos não-lugares
onde ninguém fica
é só parte do caminho
nunca num lado nem no outro

é tão ruim assim não pertencer?
no final, a gente cria essa ilusão globalizada
de que não pertencemos
porque não temos terra
quem não tem terra para morar
não é fértil
mas temos pátrias, dialetos, línguas e raízes

minha língua virou ruína
antes deu nascer

minhas raízes criaram asas
minhas músicas
minhas danças
minhas comidas
minhas avós
não me abraçam mais

hoje não vou gritar
desesperadamente em português

u i v o o o o o o o o

porque
a língua portuguesa não é
o suficiente
para expressar
o que eu quero
BERRAR
porque
se eu me animalizar
talvez apareça uma ong de proteção de animais
para nos auxiliar

enquanto
ouço meu sotaque
me espanto
com a falta de canto
transplanto
as vogais abertas
e o excesso da pluralidade certa
boto uns artigo nos nome
e chego cada vez mais perto da língua paterna
que alterna a minha civilidade
da minha bestialidade subalterna

tomar consciência
da nossa parte bestial
é ter a decência
de admitir a real
vivência humana
mundana, urbana
de ser vista como animal

nego a civilização
imposta pela cana
renego a emoção
paternal e insana

da miscigenação boa
da mestiça que perdoa
ser vista como desumana

olha com a atenção
que tu mira minha nudez
sinhô não é irmão
e eu não repito pra burguês
vê se não me gonga
que pra mim é uma honra
não ser uma de vocês.

*

“mulher?
brasileira? É PUTA
p-u-t-a
não tem outra explicação!
inclusive
tão precisando de dinheiro pras obras?
manda elas ficarem nuas
na janela”
ká ká ká

vem cá
despejar

(verbo no presente do indicativo)

pro bom português,
uma conjugação verbal bem feita basta
seria verdade
se não fosse

uma questão de sotaque
se não fosse
uma questão de misoginia

me sinto como se dentro de mim só houvesse lixo
sabe tudo o que é resto e fede?
eu virei o que ninguém mais quer e
escorre:
chorume
de nuvem

minha forma varia com os olhos do espectador
alguém aponta e diz:
espada de são jorge
uma criança grita:
mãe, olha aquela casca parecendo uma nuvem!
uma loira, branca e fútil diz que
eu pareço um pincel de maquiagem
um idoso me acha em forma de boceta
e ri
"pessoa em forma de boceta, tô precisando ir num cabaré!"
alguém que me ama
olha
e me enxerga

tão disforme quanto estou
só minúsculas gotículas de água
desesperançosas de uma dia virar chuva
cansadas de esperar o chuvisco ou o toró
de lágrimas
de gozo
catarro
suor, a porra que seja

se tiver algum lado bom de ser nuvem
é poder migrar para derramar

se olhe chorando no espelho!
deixe-se sangrar, não estanque dessa vez
foi o que tu fez das outras vezes
e olhe onde você está
olho e vejo olhos
desesperados
porque quando eu choro minha boca se abre
como se quisesse sorrir?
minha mão tem que segurar
minha cabeça
de tanta obsessão
de tanta formulação

de carta para o setor de habitação da câmara
pro presidente e até pro papa
depois de cinco dias sem dormir
ligamos a câmera para recitar e
me filmar chorando
isso significa o que?
espetacularização da minha tristeza??????

vocês assistiram a final do europeu?

o papo é o seguinte, mermão:
o norte da europa esgotou todos os temas
e eles tem medo de falar de migração

olham pra mim
vêm minha pele dourada
apontam minha "beleza exótica"
crioula, grossa, cacheada demais
para estar na universidade europeia
devia tá é na cozinha, nas limpezas
ou na cama deles, aliás
freyre já dizia que a mulher branca é pra casar
a mulata é pra meter
e a preta para escravizar

sexualizam
meu corpo
minha pele
minha palavras

me convertem
em matéria comestível
a ponto
deu ter vergonha
de falar do arrepio
que eu sinto
quando ele me dá um cheiro
e sussurra no meu ouvido em jopara

comem minha mente
e me fazem achar
errado
descrever minha calcinha
molhada
de siririca
ou bocetas pingando
uma na outra

lélia me deixou com a dúvida
de que europeu parece até que não mete,
comete ato sexual
e chama tesão de "necessidade"

não, eu não posso falar nem de putaria
nem de amor

porque o eu-lírico que tem essa licença
tá dentro do cis-tema
hétero
normativo
eurocentrado
que me aprisionou dentro do armário
por 23 anos
quebrou minha sexualidade
em pedaços
censurou os movimentos
do meu corpo
dos meus desejos
da minha língua

se querem que minha voz saia baixinha, oprimida
ponderando antes de falar ou coisa parecida
devolvo minha raiva com uma poesia que só piora
queria puder ouvir vocês me chamando de zuca histérica
agora!
só por eu re-ocupar esses espaços
sem vender meu corpo pra nenhum sinhô

sem dá de comer a fome europeia que devora
tudo aquilo que é de fora

se querem que eu fique quietinha
pernas fechadas, palavras de mocinha
se é isso que a europa quer que eu seja
vou fazer justamente o contrário:
abrir as pernas, gritar e mandar eles tudo pro caralho!

espera o "lixo" aqui terminar de falar
escuta o que eu digo
isso aqui é um aviso:
nós vamos pegar tudo de volta de vocês!
quem perdoa a dívida histórica é o teu deus
(devolve nosso ouro, boy)
eu tô aqui é pra cobrar, mago.

*

a poeta amola a faca com a sua língua. a faca amola a poeta com a língua dela. a língua da poeta é uma faca. a faca da língua é uma poeta! quem é mais língua? a faca, a poeta ou língua? a poeta amola a faca com a sua língua. a faca amola a poeta com a língua da poeta que amola a faca com a língua que amola a língua com o amolador da faca. língua-faca, faca ou tiro de bazuca? que arma é a língua da poeta? que língua é a faca da poeta? em que língua a faca fala? em que faca fala a língua da poeta? em que poeta fala a língua? em que língua fala a faca da poeta? quais línguas são faca e quais língua são fala? quais poetas são faca? que línguas são amoladas? a minha língua é fala, faca ou amolador? a minha língua é de poeta? poeta-faca, poeta-fala, GRITA, poeta! mata camões! genocida da língua, da língua de camões. amola a faca-língua, corta inteira a língua de camões.

II. MESTIÇA

minhas antepassadas, XIX

Marinheiros e caiados
Todos devem se acabar,
Porque só pardos e pretos
O paiz hão de habitar.

Canção popular no século XIX em Pernambuco

três meses de dor
luanda-recife
tu sabia?
num brigue português velho
noventa dias enlatados de porão

algumas sequestradas
mas a maioria vendidas
compradas
escravizadas
enlaçadas
ainda crianças
não vem com essa de *infância*!

sangrentas
meio mortas
mas vivas
tão vivas que
escorrendo
pelo sul do atlântico

pingando
encurraladas em tumbeiros
cantando a melodia da partida
dançando
até esfolarem os pés
os joelhos
os calcanhares
parou?
costas
laceradas
a cabeça
pescoço
tudo
só para de dançar se morrer
se morrer
joga no fundo do mar

lista de direitos:
cagar sem se mexer
engolir o suor
beber meio litro de água por dia
comer farinha de milho
bochechar vinagre

lista de deveres:
não morrer para não dá prejuízo

"tudo quanto se podia trazer foi trazido: o manco, o cego,
o surdo, tudo; príncipes, princesas, chefes religiosos,
mulheres com bebês, mulheres grávidas, crianças"
idade média da carga
de 8 a 15 anos
tu sabia?

e se alguma pesquisadora um dia descobrir
naqueles fósseis-buracos negros oceânicos
— vórtices aquáticos —
que peixes estranhos nada
ainda tem sangue no fundo do atlântico.

sessão de anúncios

quem quiser comprar uma crioula
muito moça e sem defeito que sab
e cozer, lavar, cozinhar sofrivelme
nte procure a Rua da Liberdade, lo
ja número 1.

quem precisar de uma ama de leite
mulata parida de fresco bem civiliz
ada dirija-se às Portas do Bem For
moso, casa número 2.

oferece-se para ser ama uma viúva cafusa
já de idade para serviço completo de uma
casa de portas a dentro trabalha-se por abr
igo, vestimenta e comida quem dos seu pr
éstimo quiser utilizar dirija-se a Rua Direi
ta, sobrado número 3.

fugiu há 4 anos uma escrava parda
de nome maria da lamentação que
gostava muito de batucadas levou
em sua companhia um seu filho, v
ictorino, cor fula, cara lisa, dentes
limados, muito risonho, tem uma
marca de chicote nas costas, de id
ade de 8 anos mais ou menos. gra
tificação a quem a levar para a ca
sa da Dona Bondade.

navios a carga:
sai para o recife
impreterivelmente
ao dia 5 do corrente
a embarcação Sentinela
da Liberdade: só recebe
passageiros e escravos.

hystorya y memorya

lugares de memórias
são aqueles de onde
pessoas como eu
não sairiam vivas
e hoje
a gente costuma
passar
transformar
em
museu
para nunca mais esquecer
para que não se repita

eu não devia precisar
explicar isso
para europeus
porque eles
acham as escolas e as universidades
da europa

as melhores
do mundo
todinho

entendam:
lugar de memória é diferente de estátua

padrão dos descobrimentos =
estátua lisboeta exaltando o genocídio
sulamericano e africano

cais do valongo =
lugar de memória
mercado de pessoas escravizadas no centro do rio
milhões de pessoas foram traficadas de áfricas para lá
tem que virar museu
em honra e memória dos corpos mortos e torturados ali
para que não caia no esquecimento
para que nunca mais aconteça!

como subverter a linguagem do colonizador?
quebremos as estátuas da língua
vamos assumir às nossas filhas:
somos descendentes de africanas escravizadas

de indígenas sem terra
enlaçadas por latinos pobres
assumir nossa mestiçagem
é construir lugares de memórias

assumir que somos crioulas
crias da terra marrom
e da água salgada
filhas do mangue sujo
dos canaviais
e da beira do rio
é lembrar que nem engenho
nem usina
é essência

nenhuma interpretação pode ser eterna.

leite

os filhos das pessoas livres
valem sempre
mais do que os nossos

os filhos dos europeus
valem sempre
mais do que os nossos

os filhos dos gringos
valem sempre
mais do que os nossos

os filhos dos brancos
valem sempre
mais do que os nossos

eu
não sou da
tua

terra

mas sou

fértil.

arengando

enquanto
testemunho
a minha terra
de longe
sigo
estragando
a língua portuguesa
de vocês
até

m
i
s
t
u
r
a
r

b
e
m

m
u
i
t
o

alguém escreveu "portugal não é europa" na parede da minha casa

tu que chegasse na minha vida agora:
seja bem vinda!
ao nosso ciclo de abandono e de silêncios

o constrangimento
do silêncio
depende
em partes
do que não se fala
assim
como do cansaço
da escuta

me chamaram de ingrata
por não vender
minha investigação
— nem meu corpo —
de graça

vociferaram:
só pode estudar as mulheres do brasil
em comparação com as de portugal
parece até
que meu país
só é relevante
em comparação
com o colonizador

me disseram até que
angela davis estava "ultrapassada"
completando com
"portugal não é racista"

perderam meu diploma
e tentaram roubar
meu cérebro
u must pay to be a researcher
que significa
pagar para ser investigadora
em inglês

vim aqui
humildemente

citar o deus da meritocracia:
(ele é um homem branco europeu velho)
“em verdade, em verdade
vos digo
defendam o mérito de ser branco”

e vocês acreditaram tanto
que nem perceberam
as nossas independências
e defenderam o direito
de serem
white pardos

EU TENHO QUE GRITAR
para vocês me ouvirem
mas vocês só escutam
meus silêncios!
sei disso porque falei com as pedras a vida inteira

(dizem que o verdadeiro silêncio
vem de dentro da nossa barriga
diafragmático)

minhas irmãs, meus irmãos imigrantes:

honremos, então, a nossa selvageria
deixemos a civilização para os civilizados
ladremos até nossos corpo sentirem
a liberdade
de ser bicho
de ser quem realmente somos:
descendentes de
restos de sangue
no fundo do oceano

europeu nenhum vem nos descobrir
nem salvar
nem iluminar
nem dar caridade
nem dar direito a voto

(a gente sempre teve gosto de abandono).

III. TEMPESTUOSA

de homens brancos velhos para todos os animais

eles me olharam com olhos de fome
me mordiam a cada piscada
sentados na cama
até pareciam ter a mesma altura que eu
"deixa o vovô ver se você já tem pelinhos"
"o vovô é médico"
me pareceu plausível
aliás, eu nem sabia o que era "plausível"
com 10 anos de idade
uma coisa eu sabia:
meus pelinhos, ralos, tímidos já estavam por ali
por entre as pernas
tocados
pela primeira vez
por homens brancos velhos e desconhecidos
os cidadãos de bem

eu era um balão de ar
pesado que não conseguia flutuar
era balão, cheio, de gás, ar
denso, pesado, com pelos pubianos nascendo, ó
mamilos inchados aparecendo, ó

eu não tinha corpo, não tinha corpo
eu não tinha noção, não tinha ideia
do que era ter ou não ter corpo
eu não tinha idade, nem ideologia, nem luta,
nem sexo, nem pelo, nem peito

eu não tinha corpo

lugar de pelo pubiano é na buceta
lugar de buceta é no corpo
mas eu não tinha corpo
eu era um balão de gás denso, cheio, lotado, pesado
eu não tinha corpo
eu não conseguia me mexer

imóvel
descobri de outras crianças
que queriam acabar com as carreiras deles

já viu carreira de homem branco velho acabar por assédio?
eu nunca vi

pesei
meu silêncio e meu corpo
na balança de pesos e medidas
o silêncio me ganhou

da onde eu venho
vocês podem imaginar
minha avó me ensinou
a não falar alto
para não incomodar

pesei
meu silêncio e meu corpo
e eu nem tinha corpo
nem tinha silêncio
nem tinha para quem berrar

eu não grito
minha voz é sussuro
é barulho de cigarra
é barulho de queda d'água do rio

é canto de abelha
é sussurro de bicho
de bicho sem corpo
sem peso
cheio de espaço vazio
de gás
denso
pesado

pesei
meu silêncio e meu corpo
sussurrei:
corpo.

cordel

hoje eu tive um sonho
parecia que tava acordada
tomava um banho de torneira
e ficava toda ensopada
mas quando olhei pro chão
eu pingando num tava não
e nem tava mais molhada

seca depois dum banho?
eu devo tá é sonhando
vou dar um flecheiro na janela
e sair por aí voando!
vou cantar na língua dos passarinho
pra nenhum humano entender nenhum pouquinho
que eu tô é soluçando

meus dois braços virando asas
meus pelo encaracolado
vento batendo no corpo

deixando meus cacho assanhado
a tempestade começou
a claridade me sentenciou
um voo bem encharcado

voei pra dentro dum relâmpago
eletrizei todo meu corpo
sete segundos de choque
seis milhões cento e dezoito gritos de choro
é que o som tem uma velocidade
menor que a da eletricidade
e foi por isso que dá terra deu pra ouvir meu estoro

mas ele não me viu
petrificada como eu estava
presa no meu corpo de pássara
onde trovão, raio e choro coabitava
fiz do caos minhas emoções
e berrei som de trovões
que da minha garganta ventava

ele me deu uma gaiola
pro caso de eu precisar
disse que não entendia a rapidez

que via meu corpo mudar
botou a chave na minha mão
e falou que era minha decisão
lá dentro me trancar

ela foi quem ouviu
o meu grito desumano
e eu fiquei no abraço dela
parece que por ano
meu pássaro já num era nem corpo
era só um chuvisco torto
resto de água caindo
disforme e inumano

eu virei pingo de chuva
e lembrei: tô sonhando!
gritei ainda mais alto
já que só eu tava me escutando
e desde que o sonho se fez
foi essa a primeira vez
que eu chorei por mais de um mês
e acordei gargalhando.

(des)fantasia

ela olhou pra mim
os olhos verdes, enormes
estavam um pouco surpresos
não, não era surpresa
parecia mais descoberta
simpáticos até
só me lembro dos olhos verdes
arrodeados duma pele branquíssima
emoldurados num cabelo liso
e num segundo
as mãos dela
pálidas
tocando meus cabelos
sem saber direito como tocar
mas pegando
sabe quando tu pega em um objeto não identificado
e tem medo da reação daquilo
tanto pode quebrar como pode te morder
inanimado

mas nem tanto
porque exótico
selvagem
descontrolado
porém tocável
pronto para ser descoberto
e explorado
— um território natural
em oposição à civilização
naturalmente —
sem nenhum pedido
nem ao menos um com licença
mas tocado por olhos de curiosidade
e mãos permissivas
dedos brancos dispondo
o polegar opositor e o indicador
ao redor dos meus cachos
depois disso
ela passou sorrindo
sinal de que para ela estava tudo bem
e

eu
só
fiquei
calada
olhando para alguém
com o cabelo igual ao meu
mas
não era de verdade
era uma peruca de carnaval.

minha infância nunca vai aparecer na sua tv

me disseram que se eu falasse de seca
nenhum europeu ia entender
iam achar que inventei uma distopia
uma ruindade criada só pra inglês ver
acorda, sinhô
que na época da pós-verdade
num ter água na torneira é um puta duma maldade

a seca impõe uma dieta restrita
de milho, macaxeira e parasita
ei, ei, ei voinha, voinha acorda!
tô ouvindo barulho de pingo
num tinha água desde domingo
chegou água, voinha, acorda!

a torneira vai explodir ou afundar
expelindo um líquido cremoso e marrom
ele é todo o meu corpo
sem pulsar

só afundando tudo e todos ao meu
redor
sem matar a sede de ninguém

prenúncio de sede: língua seca

já viu gente como nós
ter água na torneira
de casa
todo dia?

prenúncio de seca: torneira quebrou

pra que essa agonia
se a água só deve
chegar
de hoje a oito?

prenúncio de seca: não tem poço

onde já se viu
morar na beira do mar e

não ter nem
chuveiro em casa?

prenúncio de seca: hoje é dia do caminhão pipa

faltou
luz
de novo, voinha!

sabe o que é
uma puta
duma maldade?
vocês acharem que esse tipo de merda só acontece na tv!

há 3 tipos de seca:
a que as pessoas sabem que acontece
a que nem imaginam que acontece e
a que deixam acontecer

(salve, blackalien).

volta!

sabe aquela sensação de
QUERO IR EMBORA
quero voltar pra casa

mas aí tu se lembra:
em qualquer lugar
ainda vai ter você mesma
assombrando-te
queimando-te
com dor de cabeça
de pensamentos
despetalando-te
com as suas próprias
dores

mente mente inquieta
me levem

para
distante de mim!

estou cansada
de não estar
me afogando!

PARE E PENSE:

em quais
momentos
da sua vida
dormir
é a melhor
parte do dia?

manifesto

agora
pareço caída de morta
mas estamos verdes de vivas
deixando-se sangrar
não estancando dessa vez e
jorrando tudo o que vem
de dentro
para fora
(fora é o mundo)

escrevo com sangue
nos olhos
mais uma nota
na música
da nossa
grande caminhada
de resistência

enquanto imigrantes, não vamos recuar na luta

por igualdade de direitos e não vamos negociar
nossa existência. não nos calaremos diante de
qualquer tentativa de violência colonizadora.
eu sou américa latina, nós somos américa latina.
e estamos aqui para te
in co mo dar.

nota da autora

Me pergunto: Qual é o "lado de fora" da imigração? Qual o "lado de dentro"? De certo a experiência de viver em outro país, e especificamente de morar em um país pelo qual o seu foi colonizado, é difícil. É difícil porque é uma experiência cotidiana construída no tratamento como imigrante subalternizada. É difícil ter a polícia arrombando a porta da tua casa num inverno de 3º, às 9h, rosnando pelos teus documentos e ficando surpresos ao perceber que t-o-d-a-s as imigrantes da tua casa eram legais (e, pasmem, tinha até quem tivesse cartão de cidadão). É difícil ter acabado de ganhar o festival nacional de *poetry slam* com poemas anticoloniais e sair de lá com teus amigos tendo que correr na rua de um fascista gritando "voltem para casa de vocês" e sabe-se lá o que estava segurando na mão dele que não conseguíamos ver. É difícil ir no banco nove manhãs diferentes e sempre está faltando um documento que te impossibilita de abrir uma conta.

O filósofo inglês indiano, Homi Bhabha, em *The location of culture* (1994) aponta os espaços de pequenos intervalos (a ponte, por exemplo) como locais onde as experiências subjetivas e coletivas de nacionalidade, interesse comunitário e valor cultural são negociadas. A ponte como uma metáfora para o lugar do imigrante. A ponte pode ser entendida como um lugar no qual não se fica, é só um lugar de passagem, um caminho, no qual o passante nunca está nos dois lados ao mesmo tempo, também não está em nenhum.

O autor levanta uma questão e eu aqui o parafraseio: Como os sujeitos formados *in-between* são a soma de partes da diferença? Isso que o autor chama de "articulação social da diferença" é uma negociação complexa e sempre em movimento porque está constantemente em andamento. O objetivo de tal deslocamento é autorizar hibridismos culturais emergentes. Essa "autorização" de hibridismos culturais permite entender as diferenças sem hierarquizá-las.

A sensação de "estar entre" identidades e hibridismos culturais me trouxe questionamentos acerca da cidadania. Como viver num lugar com a (novíssima) identidade de imigrante imposta e sobrepondo-se sobre todas as outras, uma identidade que nega a cidadania e cria uma bola de neve de estar sempre "entre"? Bhabha tem uma interpretação positiva destes espaços que "estão entre" ou *in-between* ao apontar que são férteis para elaboração de estratégias para ressignificação das identidades e criação de espaços de cooperação e contestação. Este espaço intermediário que também pensa no "além" do presente, o autor chama de *in the beyond*.

A ideia de Bhabha é de que habitar o *in the beyond* é ao mesmo tempo estar no presente para reescrever a contemporaneidade e transformar este espaço intermediário num lugar de intervenção no aqui e agora. Nesta linha temporal, o passado também é um tempo que pode ser reconfigurado para inovar ou interromper o presente. E assim, com a intervenção pós-colonial, decolonial[1] ou anticolonial, o passado-presente se torna necessidade reivindicativa e não nostalgia. Ainda segundo Bhabha, e ele cita o psiquiatra e filófoso político Frantz Fanon para realizar tal afirmação, se sentir "sem casa" é uma condição pós-colonial relativa ao trauma psíquico das disjunções da existência política. O não lugar existe dentro da linguagem porque não é nomeado. Um sentido "que ainda não é" está aberto para a construção tanto da identidade, como da cidadania. Então, apesar do

[1] Decolonial é o processo de transcender a colonialidade, é uma subversão do padrão colonial. A opção pelo uso do termo decolonial ao invés de descolonial ou pós-colonial busca não passar uma imagem de superação do colonialismo, ou de não ser confundido com uma historiografia eurocentrada que chama os processos de independências das colônias em Áfricas de "descolonização". Sobre o assunto ver principalmente: WALSH, Catherine. *Interculturalidad, Estado, Sociedad: Luchas (de)coloniales de nuestra época*. Universidad Andina Simón Bolivar, Ediciones Abya-Yala: Quito, 2009.

sofrimento do não-sentido, também há um espaço aberto para a criação. Nestes não-lugares, ou lugares que são apenas caminhos nos quais ninguém fica, só passa, é incluída a imagem e a metáfora da ponte. Sentir-se sem margens por sempre ser percebida como estrangeira depois que se sai da própria terra é acabar perdendo a fertilidade.

O que nunca perdemos, mesmo que sejam arruinadas, são as nossas raízes. Porque até nossas línguas a gente perdeu, antes mesmo de nascer. Como falar das experiências cotidianas de imigrante, de pessoa racializada, de mulher, de pessoa LGBTQIA+ sem inserir-se politicamente? A raiva aparece no livro e no meu dia a dia como um sentimento legítimo e político. Bell Puã, uma escritora e *slammer* da minha cidade, Recife, afirma que nossa poesia vai ser sempre carregada de raiva e dor. Com a linguagem e com a performance, posiciono o meu corpo como território de política, poética e instrumento de ativismo anticolonial.

O reconhecimento da cidadania passa por uma exigência da igualdade, mas o reconhecimento da racialização e de uma identidade mestiça exige a diferença e se orgulha dela. A mestiça é, por si, um objeto não identificado. Está entre. Não está lá, nem aqui porque nunca é o bastante para nenhum dos dois lugares. A negação por meio do uso de uma linguagem assertiva e violenta também é uma ferramenta importante para afirmar esse não-lugar de dor e raiva de onde vem esse sentimento de "estar entre". Um eu-lírico mestiço tem direito de sentir dor e raiva e demonstrar isso?

A ideia de sub-gente, de ter uma bestialidade subalternizada, do estar entre duas terras — porque nunca nem lá, nem aqui, deixando um pouco de mim em cada lugar — me parece muito adequada. A sensação de estar repartida entre duas terras porque nem lá, nem cá me coloca num local animalizado. A formação da identidade pela negação da civilidade imposta pela cana faz-se sentir porque meu estado foi colonizado através da plantação da cana de açúcar. Dentre os séculos XVI e XIX, com os engenhos de cana e a partir do século XIX, com as usinas de açúcar. Até hoje, os canaviais são muito comuns em Pernambuco. Então, é através da negação e da renegação da imposição da cana e do paternalismo da miscigenação "boa" e de ser o "bom selvagem" ou, nas minhas palavras, a "mestiça que perdoa" que afirmo uma certa animalização. A negativa dessa imagem se mostra para afirmar o que não sou uma "boa selvagem", nem vou perdoar — e com orgulho. Não sou eu quem vai perdoar a dívida histórica e como dizem as zapatistas na *Declaração pela Vida* (2021) não há o que perdoar já que o massacre ainda está em curso. Os genocídios escondidos atrás de megaprojetos e a exploração do trabalho em condições análogas a escravidão nos canaviais comprovam que a era da cana ainda não acabou. Como diz o rapper recifense Hórus, na música *Damião* (2021): "A reparação vai ser na marra até que tenhamos paz, terra e pão".

Esta identidade mestiça está ligada à miscigenação e consequentemente ao racismo. A cultura branca eurocêntrica e eurocentrada não admite a etnicidade e exclui tudo aquilo que é misturado ao dar um caráter étnico e racializado aos corpos desses sujeitos e as formas de organização e manifestação socioculturais produzidas por estes sujeitos racializados advindos da mestiçagem.

A lógica da dominação tenta domesticar as pessoas racializadas (mestiças inclusas), infantilizando-as. Para mim, é uma questão de assumir a poética de falar sobre isso com todas as suas implicações. O fato é que, assim como Lélia Gonzales disse em *Racismo e sexismo na sociedade brasileira* (1984): há a necessidade das pessoas racializadas de aprofundar as reflexões sobre cidadania, mestiçagem, racismo e colonização e não só de reproduzirmos modelos eurocentrados de análises e de escrita da poesia.

O importante é assegurar que eu e o meu povo tenhamos a chance de contar as nossas próprias histórias, seja por meio da poesia ou outras manifestações artísicas, seja por meio da investigação acadêmica. Tomar a responsabilidade e representar o não dito na história, enquanto historiadora social, é o que almejo.

Inaugurar uma nova visão de mundo (decolonial) significa mostrar formas de escritas e performance de onde eu vim? O "estar entre" pode ser considerado uma desterritorialização ou buscamos sempre mostrar nossas raízes? Tem uma parte de mim que quer "estar entre" porque isso significa não estar aqui. Seja na forma, seja na performance, seja na métrica. De onde eu vim sempre vão ter as minhas referências mais profundas.

Por último, a atenção dos olhares masculinos e eurocentrados sobre meu corpo mestiço, brasileiro e "advindo do carnaval" fica em contraposição ao meu conhecimento, meus silêncios e minha brabeza. Não existe essa de miscigenação boa e de que somos todos irmãos. Existem as diferenças entre os senhores e os descendentes das populações egressas do cativeiro e ela é demarcada: os senhores dos séculos passados são os burgueses de hoje e não são nossos irmãos. E "é uma honra" não ser considerada uma deles e se para isso é preciso ser animalizada em oposição a uma civilização que coloniza e animaliza pessoas racializadas, uivo.

Coimbra, 30 de junho de 2021.

carol braga

é nascida e criada em recife, pernambuco, nordeste do brasil. estuda, investiga e aprende todo o dia a ver o mundo a partir do feminismo decolonial. atualmente, anda impulsionando o próprio corpo a produzir performances de poesia falada, teatro e circo. vencedora do 7º festival nacional portugal. SLAM! (2021) — primeira mulher a ganhar o festival. bacharela em história pela ufpe, comunicadora social pela unicap, mestre em história social pela uff e doutoranda em ciências sociais na uba. vive em coimbra, onde integra a sesla, o teatro de estudantes da universidade de coimbra, teuc, e é co-fundadora do *slam das minas coimbra*, o primeiro coletivo de batalha de poesia falada só de mulheres em portugal.

■ primeira edição
■ 2021